작은
용기가
품은
그리움

작은 용기가 품은 그리움

초판 1쇄 인쇄 2012년 3월 14일
초판 1쇄 발행 2012년 3월 14일

지은이 | 김 근 식
펴낸이 | 손 형 국
펴낸곳 | (주)에세이퍼블리싱
출판등록 | 2004. 12. 1(제2011-77호)
주소 | 서울시 금천구 가산동 371-28 우림라이온스밸리 C동 101호
홈페이지 | www.book.co.kr
전화번호 | (02)2026-5777
팩스 | (02)2026-5747

ISBN 978-89-6023-770-4 03810

현/대/시/인/1/0/0/인/총/서 55

작은 옹기가 품은 그리움

김근식 시집

ESSAY

글머리에

세월은 활시위를 떠난 살과 같이 빠르다했던가? 참으로 실감나지 않으며 인정하고 싶지 않지만 엄연奄然한 현실 앞에 순응順應하지 않을 수 없다. 지금까지 지나온 여러 가지 흔적痕迹들이 제법 많을 것도 같은데 막상 돌이켜보니 뜻한 바와 같이 정리되지 않고 희미한 실루엣 그르매 되어 지나간 자국들을 더듬어 보게 한다.

그래서 생각했다, 그동안 두서없이 적어보았던 어설픈 시구詩句들을 한데 묶어 육십갑자六十甲子 임진년壬辰年을 기념紀念, 자축自祝하고, 귀하거나 값진 것은 아니더라도 정성껏 포장하여, 생의 동반자同伴者로 열심히 함께 살아온, 사랑하고, 소중한 아내에게 보답의 의미로 선물膳物해야겠다고.

사백리四百里 길을 오가는 주말부부週末夫婦, 강산이 두 번이나 변하도록 불평불만不平不滿 내색 한번 없이 슬기롭고 지혜롭게 잘 참아주고, 내조內助해준 아내에게 늘 감사하고, 행복했으며, 바보처럼 많이 사랑했다고, 앞으로도 나의 의식意識이 깨어있을 때까지 감사, 행복, 사랑, 변함없을 것이라는 심경心境을 이 지면에 담아두고 싶다.

그리고 거친 원고들이 책으로 나올 수 있도록 기획企劃 하고 안팎으로 애써준 아내와 책표지를 포함 편집, 디자인, 교정 작업까지 꼼꼼히 체크 하며 고생한, 착하고 예쁘게 자라준 딸 민정, 민이 그리고 듬직한 아들 민우 고맙고 수고했어요.

이 글 읽으시며 부끄럽고 보잘것없는 흠결 들추려 하지 마시고, 잔잔한 격려로 어여삐 넘겨 주시구요, 항상 축복 속에 건강과 행복이 함께하길 진심으로 기원祈願 합니다.

감사합니다.

2012년 봄에 金 根 植

1부 당신을 사랑하기 때문에

2부 만남의 의미

3부 존재의 가치

4부 그리움

5부 기도

당신을 사랑하기 때문에

당신의 간절한 제단에
내 기꺼이 그 제물이 되렵니다
당신은 생명과 같은 사람이기 때문에…

이 세상에서 가장 사랑하는 사람에게

언제라도
변함없이
내 곁에 있어서
한없이
사랑스런 사람.

내가
당신을 사랑할 수 있어서
행복합니다.

당신이
나의 반려자이기에
나는 자랑스럽습니다.

사랑하고
또, 또 사랑하는
내 삶의 산소같은 당신!

내게
그리움의 대상이기에
항상 가슴 따뜻하답니다.

우리 늘 건강과 행복
그리고
미래의 힘찬 파이팅 합시다.

그대뿐이라고

불러보고 싶다
하나뿐인 이름
속살거리듯
내가 아끼는
그 이름을

듣고 싶다
초롱 같은 목소리
아무도 모르게
내가 좋아하는
그 목소리를

말하고 싶다
나는 그대뿐이라고
오로지 그대뿐이라고
온 세상 다 준다 해도
결코 바꿀 수 없다고

품고 싶다
꿈틀거리는 나의 우주 속에
그 이름
그 목소리
그러는 그대를.

나의 몫입니다

마주할 때는
원앙이니
그토록 편안하더이다.

따로 있으니
애태우는
그리움이요

기다리려니
하염없는
초조함이라

편안함도,
그리움도,
초조함도 나의 몫

당신에 대한
모든 것이
나의 몫입니다.

시월 초사흗날

음력 시월 초사흗날.
나의 아내,
새 세상 빛 보고,
귀 빠진 날.

그런데 어느덧
이제 당신도
불혹 나이,
이렇게 따로 있는 때가 더 많으니
주말부부의 허전함을 어쩌리오.

언제나 미안할 따름…
생일날 아침이라 더더욱 짠한 마음입니다.

오늘도
아이들 챙기기에 바쁠 이 아침
수화기에서 들리는
어김없는 아내의 밝은 목소리
음, 나야!
당신 생일 축하해…
미역국 먹었어?
더 이상 말문이 막히고 마네요.

언제 들어도 명랑한 목소리인데
오늘 아침 목소리는
가라앉은 음성으로 들립니다.

언제까지나 함께 할
영원한 나의 당신
뜨거운 열정 있었으니
평생 나의 젊으로 꾸려
온몸으로 안으리다.

가락 없는 노래 소리
행복으로 여기며
정열로 타는 가슴
순결 풀어 사랑 심으리라,

당신아!
생일 진심으로 축하하고
그리고
당신을 사랑하오,
사랑하오, 당신을…

초록 꿈을 꾸고 있겠지요?

1
창밖은 인적 끊어지고
고요한 적막
작은 생명들의 화음
닫쳐진 문을 두드린다.

2
이곳은 정녕
나의 자리가 아닌데
홀로 하여
막연해질 것 같은
허전한 시간이면
서로 떨어져 있다는 구실로
잘 익어가고 있는
우리의 미래를 수놓아 본답니다.

3
지금쯤
당신은
천 근 만 근
지치고 피곤한 몸이지만
오늘도

변함없이
초록 꿈을 꾸고 있겠지요?

4
하루에도
몇 번씩 변신해야 하는 당신,
힘든 주부에서 자상한 어머니로
동분서주 집안에서 생활전선으로
대체 그대는 누구이던가?
당신이 서 있어야 할 곳이 어디이고
그대가 지켜야 할 곳이 어디인가요?

5
나는
당신을
작은 거인이라 부르리다.

6
이 밤도
사랑하는 당신을 그려보면서
진정,
목숨 같은 내 아내이므로

사랑한다는 말 대신
더 좋은 말
더 어울리는 말 있을까?
생각해본다오.

7
언제나 밝고 명랑하던 당신
가끔은 힘들어하는 모습 보이며
더러는 짜증과 투정을 감추고
세상 몰래 곤히 잠든
그런 그대 모습 볼 때마다
모두가 내 탓이려니 여기지요.

8
사랑하는 당신이여!
우리는,
그 누가 뭐라 해도
해낼 것입니다
우리를 노크하는 행운
행복으로 가득할 것이고
남부럽지 않은 건강과 명예와 넉넉함
우리를 절대 비켜가지 않을 겁니다.
우리를 결코 외면하지 않을 것입니다.
늘 멋진 바램과
진정 행복한 이성으로
건강하게 삽시다.

9

이 세상 모든 사람들
행복하고 건강하소서
우리는 그 모든 사람들보다
행복, 건강
조금만 더 갖게 하소서.

10

사랑하는 나의 아내여!
우리,
항상 아름다운 희망을 설계하고
밝은 내일을 기약하며
웃음을 잃지 말아요.
언제까지라도.

기도하는 밤이 되시구려

고요한 밤
저문 하루가 자리 잡았습니다
짙어지는 어둠 더듬어
작은 틈새로 벗겨내니
희미한 불빛에 두 눈 부시어도
상큼한 당신의 미소가
한낮처럼 또렷하네요.

항상 여느 때와 같지만
이 밤은 유난하게도
무겁고 조용합니다.

오늘은 참 새롭다는 생각이 드네요
지난밤도 이 밤이었고
이어질 밤도 이 밤일 텐데…

몇 세월 지난다 한들
오늘과 견주어
무엇이 다를 것이 있겠소만
당신을 사랑하고
그리워하는 마음
아무렴은 변함없으니
멀기만 한 이 밤일지라도
오롯이 편안하게
기도하는 밤이 되시구려.

그리움이 쌓여갑니다

구름 위 하늘
드높은 산
끝없이 널따란
푸른 바다라 할지라도
양 손으로
작은 두 눈만 가리면
모두 감출 수 있지만
절인 가슴에 겹으로 쌓여 있는 그리움
두 손으로
양쪽 눈 가려보아도
가려지지 않으니
그 무엇으로
감출 수 있으랴

생각이 나서 그립고
그리우니 생각이 나고
생각도 그리움도
쉬이 떨쳐 버릴 수 없으니
지울 수 없는 이 심사
어찌 감출 수 있으랴!

수줍게 피어나는 핑크빛 꽃잎
그 향기 속에 함께 묻어놓고
여린 꽃잎 시들기 아쉬워
절절이 쌓으리라
향기 아직 남아 있을 때
더 깊게 간직하리라.

당신만은

어두운 침실을 외롭게 한다.
귀뚜리 소리 잠재운
갈바람 불청객

동지섣달 기나긴 밤
지루한 시름 달래며
새봄을 생산하듯

당신만은,
당신만은 젊음의 빛깔을
오래도록,
아주 오래도록 보존하소서.

언제라도 함께 하리다

당신은 나의 반쪽
그래서 늘
나와 함께 하는
분신 같은 나의 반쪽
언제라도 함께 하리다.

그대는 나의 그림자
그래서 항상
나를 따라 다니며
내 마음속에 함께 하여
변함없이 존재하고요

당신은 나의 반려자
그래서 자나 깨나
언제라도 어디라도
좋은 일도 궂은일도
따로 할 수 없는 운명이지요

그대,
꽃잎 흔들며 토해낸 향기
언제라도 함께 하리다.

늘 행복으로 알고 지낸답니다

- 당신의 지킴이

사랑하는 당신!
언제라도 변함없을 사랑의 보금자리
내 고향 같은 편안함
억겁의 혼을 달래듯
태산준령泰山峻嶺이라도 품안에 넣고 싶은 간절함
사백리 공간이지만 항상 기꺼운 내 사랑

당신, 생각만 하여도 심장이 두근두근
바라만 볼 수 있어도 더더욱 좋겠고
지근至近에 있어준다면 그 얼마나 큰 축복일까!
그래도 그대 향한 화평한 시간
당신의 지킴이는
늘 행복으로 알고 지낸답니다.

아름다운 추억과 간직된 밀어들
알알이 영글어가니
풍요로운 결실을 생산하기 위해
열념으로 가꾸렵니다.

사랑하는 그대여!
나는 느껴요 당신의 진심을
나는 알지요 내 속에 존재하는 당신을
딴은 너무도 사랑하기에
시도 때도 없이 그리워하지요
그러니 늘 그대를 품고 다니지요

서산마루에 잠시 쉬어가는 하루해
당신을 향한 여운 남겨둔 채
접는 나래 어루만지며
홀로,
타는 가슴 달래봅니다.

아내의 이름

부르기마저
차마 아까워 귀히 여기려니
새아씨 풋 마음이라
나 혼자만의 냉가슴
보물처럼 간직될 이름이여!

문밖에 내놓기가
그저 애지중지
바깥 세상에 드러내기가
그저 조심스러워
꼭꼭 숨겨두고 싶은 이름이여!

당신의 이름
바로 나의 이름
나만의 이름이기에
따뜻한 내 품에
묻어두듯, 가두듯
곱게 간직하리라.

사랑한다는 그 말

오늘도 사랑한다는 말을 해야겠어요
그 말 입에 담고서는
잠을 이룰 수가 없을 것 같아서요
사랑한다는 말을.

헤집어져 열려있는 심장
내일이라는 이름으로 닫고
무거운 침묵이 내려앉으니
오늘을 두 눈으로 접어야 하나봅니다.

고목 같은 오랜 세월이 지나도
항상 그 자리에 변함없을
그 말의 의미

그래야 할 텐데
그 말과 함께 이 진심 담아서
혼돈 속에 빠지기 전에는
꼭 전해야 할 텐데

사랑한다는 그 말을.

그대가 존재하는 이유입니다

때때로 주변이 허전할 때
그대를 생각하면
모두 극복할 수가 있으니
참 신기한 일이지요?

내가 어려워 허둥거릴 때는
그대 목소리만 들어도
저절로 신바람이 나니
참 기이한 일이랍니다.

내가 매우 피곤할 때도
그대를 생각할 수 있는
조각만한 여유가 있으니
그 또한 큰 축복으로 알지요

내가 말할 수 없는
고민에 빠져있어도
콧노래를 부를 수 있는 것은
그대가 존재하기 때문입니다.
내가 손을 내밀면
그대는 따뜻한 손을 내게 주었고
내가 가슴을 닫고 있으면
그대는 자기 가슴을 내게 열어주었고

내가 목말라 할 때
그대는 한 잔의 물을 내게 주었어요.

내가 힘들어 속상해 할 때도
그대는 나에게 새로운 용기를 주었습니다.

자유로운 공간

자유로운 나의 공간 속에 묻혀있는
당신의 순수한 미소
나의 올무에 달아놓고
당신의 꽃 같은 얼굴
가끔은 꺼내보려 해도
때때로 잡히지 않을 때가 있습니다.

당신의 모습
실상은 내 곁에는 존재하지 않아도
생각날 때 내 옆에 있어주면 좋겠고
그래서 바라다 볼 수 있다면 더더욱 좋으련만

이유 없이 그리워지는 비 내리는 가을밤
지난 한여름 무더위를 밀어내는
빗줄기 소리가 귓가를 때리니
따끈한 찻잔
두 개였으면 좋겠다.

소매 자락 끝에 바람 일고
양어깨에 걸쳐진 가벼운 가을 날개
그 날개 깃 세우니
아직 남은 낭만과 젊음이 배어납니다.
이 밤도 편안한 밤 되시구려…

사랑의 색깔을 묻습니다

사랑의 색깔을 아시나요?
구루무 향기
잊혀진 듯 간직한 옛 추억
그때 시절이 생생합니다

사랑의 색깔을 기억하나요?
무지갯빛 환상
소망이 여물어 부풀어 가니
언제나 초심이 나를 일깨워줍니다.

사랑의 색깔을 아직 간직하고 있나요?
핑크 빛 젊음
온 누리에 물들어 가니
새 세상이 열립니다.

그대에게 사랑의 색깔을 묻습니다.
당신은 사랑의 색깔을 아시나요?
미소로 채워진 그대의 모습
그 만심滿心이 사랑의 색깔 아닐까요?

우리 힘내요

오랜만에 당신의 글을 읽었네요.
잠시나마 일 핑계 대며
중요한 것을 잊고 있었구나 하는 생각 들면서
소홀함에 길들여질 뻔했는데
무심하고 답답한 나를 일깨워주었다오
어쩜 내가 당신에게 하고픈 얘기들을
당신이 나에게 다 해버렸습니다.

언제부터인가 매사 허탈하면서
어둡고 무거운 마음,
오늘 당신의 글을 읽으며
아! 정신 차려야겠구나 하고
마음을 추스르게 되었답니다.

원인과 이유야 어쨌든
당신 앞에서 용렬해지려는 이 남편을
책하거나 투정하려들지 않고 한사코
위로하며 편안하게 받아들이려는
당신의 그 따뜻함에 감동되어
봄날 새싹 돋아나듯
용기와 의욕이 생성됨을 느낍니다.

어쩌다 당신은 이 사람을 만나
안팎으로 행복하고 풍요로움보다는
크고 작은 마음고생이 떠날 날이 없이 지내오면서
그래도 보석같은 우리 세 아이들을 얻은 것에 위안삼아
곡예사 같은 삶을 잔잔하게 다독거리며
행여 옹색한 내색 한번 겉으로 나타내지 않고
오히려 즐겁고 행복하다 함을
밝고 신나하는 미소로 대신하는
당신의 그런 마음을 그 뉘라 알리오.

아무리 힘들어 버거워도
그 짐 넘기려 하지 않는
당신 마음 내 어찌 모르겠소?
귀한 물건, 맛있는 음식, 좋은 말 한마디까지도
무엇이든지 당신을 위함은 뒷전에 두고
남편이고, 아이들인 가족이며
내가 아닌 남에게 먼저 베풂에 익숙해진 당신,

이젠 그러지 말아요
앞으로는 모든 것을 당신을 먼저 위하고
당신 먼저 생각하고 챙기도록 하시구려
당신이 제일 먼저이고 우선이에요

당신이 건강하게
당신이 곧게 서있어야 남편도 자식들도 존재하는 법
그래서 우리 가정이 바로 설 수 있지 않겠소?
여보!
나는 당신을 작은 거인이라 했었지요?
넘어지지 않는 오뚝이
모든 일에 당당하고 현명하여
매사 슬기롭게 처신하면서도
옹골차던 당신.

그러면서도 마음 한없이 여리어
나 아닌 남을 먼저 배려하다
때때로 손해 보던 당신
그러는 당신이 바보처럼 보이기도 하지만
한편으로는 자랑스럽다는 생각도 들더이다.
그것은 억지로 할 수 없고
남을 흉내 낼 수도 없는
타고난 당신의 성품이기 때문이에요
앞으로는 좀 모질다 싶게 살아봐요

하늘이요
바다 같은 당신에게 늘 고맙고
다시 태어나더라도
당신만을 사랑하리라고

나에게,
이 세상에서
제일 소중한 것은
오직 당신이라는 것을
이 사나이 가슴 안에
깊숙이 묻어두렵니다.

여보!
우리 힘내요
그리고 열심히 삽시다.
한번 살아볼 만하잖아요?
가끔은 위도 쳐다보고
그러면서 우리보다 힘들고 어려운
저 아래를 내려다보면서
스스로 에너지를 충전시켜 가며
멋있는 희망을 향하여
젊음을 자본으로 힘차게
도전해 보자구요.

당신을 사랑하는 남편이…

당신을 사랑하기 때문에

당신이 기쁠 때
나 눈물이 납니다.
당신이 즐거울 때도
나는 눈물이 납니다.

당신이 행복할 때는
천하를 다 얻은 듯하니
그것은 그대를 사랑하기 때문이지요

꽃잎 같은 당신의 미소
뛰고 있는 나의 심장에 담아
당신에 대한 변함없는 사랑
장밋빛 정열로 간직해 두렵니다.

당신이 슬퍼할 때
난 눈시울이 젖어옵니다.

당신이 힘들어 할 때는
나는 온몸이 바위처럼 굳어오면서
그대 생각에 빠지며
내 시계는 멈춰버린답니다.

당신이 그리울 때도
나의 눈가에
촉촉한 이슬이 맺힌답니다.

당신이 아파할 때
내 가슴 갈기갈기 헤어지고
그대의 지친 목소리 들으면
나는 벼랑 끝 나락이지요.

망망대해 당신 홀로 있다면
내가 쪽배가 되고
어둡고 답답한 밤길에 당신 혼자라면
나는 어둠 밝히는 등불이 되리라…

당신을 사랑하기 때문에

또한, 당신의 간절한 제단에
내 기꺼이 그 제물이 되렵니다.
당신은 생명과 같은 사람이니까
그리고,
당신을 사랑하기 때문에.

하얀 아침은 그대의 아침입니다

1
하얀 아침이 열리면서
오늘도,
새로운 하루가 시작됩니다.

하얀 아침,
오래도록 변하지 않을
그리움 한편에
또렷이 자리 잡고 있는
내 마음 보듬고 있을 그대여!

상쾌한 아침,
이 세상을 어루만지고
환한 아침,
이 세상을 벗겨내니
아름답고 신선함이 충만 되어
이 축복의 아침은 그대의 아침입니다.

2
밝은 아침이 열리면서
꿈과 희망의 하루가 엮어집니다.

겹겹이 쌓인 그리움의 메시지
오늘도 얼마나 생각 하게 될지,
그대를…

깨끗한 이 아침,
지난밤 어둠을 밀어내고
투명한 아침,
창조의 아침 되어
도전으로 출발하니
하얀 아침은 그대의 아침입니다.

3
맑은 아침이 열리면서
건강한 하루가 보입니다.

이 건강한 아침,
병든 어둠을 씻어버리고
끈질긴 생명력
뜨거운 심장에 담아
소중히 간직하오리다
그대의 몫으로

따뜻한 아침이 주는 건강
천지가 생동하는 위대함
다소곳이 두 무릎 내리고
이 하얀 아침을
그대에게 바칩니다.

하얀 아침은 그대의 아침이니까
그대의 아침이니까.

행복한지 묻는다면

- 아내의 글

혹여 당신이 행복한지 묻는다면
분명 난 행복하다 말할 수 있습니다.

왜냐고 묻지는 마세요.
이미 내 가슴속엔 당신 하나로 인해
행복이 가득 차 있으니까요.
혹여 불행이 닥쳐온다 해도
난 행복하다 말할 수 있습니다.

왜냐고 묻지 마세요.
당신 웃음 하나면 난 그 웃음으로 인해
지독한 가슴앓이도 감당할 수 있으니까요.

행복과 불행의 차이는
생각 끝에 온 것이라 믿고 싶습니다.

지금 당장 힘든 일이 겹겹이 쌓인다 하여도
풀릴 희망을 가지고 살려 합니다.

내가 쉴 당신의 가슴이 있어 행복하고
살아갈 내일이 있기에 행복합니다.

그러하기에
행복의 쉼터에서 웃음을 선사하나 봅니다.

당신과 나 사이에는 질펀한 무엔가의
정이 오가는 것이겠지요.

분명코 당신도
내가 있어 행복했으면!
좋겠습니다.

사랑합니다!
영원히...

당신의 아내 李秋子

만남의 의미

아무것도 없는 만남이지만
만남은 빈자리가 아니고
살아가는 새로운 이야기를 지어낸다.

혼자가 아니랍니다

그렇듯 혼자이면서도
나는 혼자가 아니랍니다.

동으로 난 창문을 열고
내 님 있는 쪽에 귀 기울이면
들리지 않는 메아리
보이지 않는 환상
느껴지지 않는 체온이 되어
덫에 걸린 듯
애틋한 보고픔으로 겹쌓인다.

돌연 혼자임을 느꼈을 때도
아니야,
나는 혼자가 아니야.

아무도 대신할 수 없는 실타래 인연
누구든 공유할 수 있는 판도라 희망
어디에서도 존재할 수 있는 유일한 우리
모름지기 하나뿐인 진솔한 화답이기에
언제든지 행복할 수 있는 나
그리고 우리,

그렇듯 혼자이면서도
나는 결코
혼자가 아니랍니다.

사랑하는 것보다 무관심하기가 더 힘드네요

1
차라리
사랑하는 편이
더 낫겠어요
애써 외면하고
모른 척하려니
더욱 괴로우니까요

나는
내 자신이 무엇보다도
귀하다고 생각했는데
나 자신보다도
더 귀한 것이 있다는 것을
오늘 알았습니다.

울 어매 무릎 같은 사랑
그래서 늘
가까이 하고 싶고
느낌을 취하고 싶고
욕심인줄 알지만
함께 하고 싶은 거지요

2
차라리
언제까지라도
고통스런 허물로
남아 있는 편이
더 낫겠어요
홀로 감당하기가
너무 버거우니까요

나에게는
연습이 필요 없는데
내가 외롭고 쓸쓸할 때
언제고 찾아가서
안기듯 기댈 수 있는 사랑,

사랑이라는 것이
참 그렇더라구요
행복도 별게 아니었고
즐거움이 멀리 있는 것도 아니고

아, 글쎄
사랑하는 것보다
무관심하기가
더 힘들더라니까요.

촛불 군상群像
-어느 초등학교 수련회 촛불의식

1

별 빛 사뿐히 내려앉은
어느 초여름 날 저녁
풋 냄새 머금은 어둠
어린 싹들을
감싸듯 보듬고 있습니다.

작은 지구
그 가운데
촛불을 든 군상들
아름다운 물결 이루니
야화 축제 한 마당
그것이 무슨 의미이든
숙연하며 거룩하기까지 합니다.

헤엄치는 올챙이 지느러미
비단결 같은 작은 실바람
조심스런 콧숨에도
수줍은 언저리 어둠인들
몰라 할 수 없습니다.

2
가슴속에 숨어있는
아직은 여물지 않은 속살
그것이 끝내는
숨죽인 흐느낌
촛농,
눈물,
콧물이 범벅되어
꿈나무들의 열기
신성한 자연의 품에서
아름다운 촛불 군상이 됩니다.

3
열릴 것입니다.
저들이 원하는 문이

피어날 것입니다.
저들의 아름다운 소망이

이루어질 것입니다.
저들의 간절한 꿈이

말 없는 저 촛불과 함께
우리가 믿어 주어야 합니다.
우리는 지켜봐 주어야 합니다.
어른들은 그들의 본이 되어
그들에게 힘과 용기를 주고
꿈나무들의 진정한 안내자가 되어야 합니다.
그것이 이 밤의 의미일 것입니다.

사랑은 관심

사랑은
언제나 편안함이며
새로운 관심이다.

사랑,
깊은 신앙 같은
기꺼운 관심이어야 한다.

사랑은
신뢰와 너그러움이고
신선한 관심인 것이다.

사랑,
낭만에 순응하는
부드럽고 온화한 관심이다.

그래서 사랑은
오래 되어도 결코 변하지 않는
철학 같고 진리 같은 것.

관계

생각해 보면
참으로 편안하다는 느낌
이야기해 보면
시간 가는 줄 모르고
그저 함께 하고픈
허물없고 서먹하지 않는
그런 관계.

늦은 밤에도
내일일랑 저만큼 밀쳐놓고
살아가는 일부터
시시한 허드렛일까지
서로 맞장구치며
이런저런
이야기 나누는
정겨운 관계.

무거운 짐 같이 나누자고 말해도
오랜 친구 대하듯 아무렇지 않으며
궂은일 서로 나누면
근심이 반이 되고
좋은 일 서로 말하면

기쁨이 두 배 되어 오니
얽히고설킨 실타래
함께 풀어보며
서로 힘이 되어 주는
참 친밀한 관계.

당신 주변이 힘들다고 할 때
내 한쪽 어깨
가벼이 주고 싶고
내가 어렵고 힘들어 할 때
그대 한쪽 어깨
선뜻 내어달라고 말해도
괜찮은 관계.

가끔은,
사소한 위로쯤 받고 싶을 때
작은 칭찬이라도 필요로 할 때
주저함 없이
다 말해주는 주고받음이
그저 편안함으로 몸에 배어있는
바로 그런 사람
바로 그런 관계.

사랑은 머나먼 여정

한 세월을 탐닉하듯
젊은 청춘이 아쉬워
목마르고 배고픔에 지친 방랑자
또 다른 사슬을 좇아
몸부림치듯 방황한다.

거듭 거듭 날이 바뀌어
철이 변하여도
더욱더 깊은 늪 속으로
스미듯 빠져드는 사랑의 열병

수 수 날을 하루같이 지내어
오늘에 이르렀음이니
젊음은 성숙된 인내로 다듬어지고
털고 떨쳐버리기엔
가혹한 고통
이제 또다시 시작이라 하자니
사랑은 머나먼 여정이어라.

좋은 아침

풀잎에 맺힌 아침 이슬 밟는다.
풀이랑 나무들의 신선한 입김이 코끝 스치고
귓불 아래 하얀 솜털은 임의 속삭임

젊음은,
살아있음의 증거이리라
목덜미 휘돌아 가슴팍에 파고드는
뜨거운 심장 식혀주는 아침 공기

상쾌한 아침
깨끗한 이 아침에
물안개 속에 묻혀있는 신선 나라
마치 옛날이야기 듣는 것 같다.
기분 좋은 아침이다.

보이지 아니하고
잡히지도 아니하지만
그 느낌이 좋아서

멈출 수 없는 호흡
쉼 없는 맥박
도약을 예고하며
좋은 아침은
창조를 선언한다.

시작

시작,
그 언어
바로
끝의 예언

시작,
그것은
곧
종말

시작,
그래
이 몸 바쳐
새로운
시작을
건설하자.

파란 하늘은

파란 하늘은
어릴 때 나의 마음

저 깨끗한 화선지에
누가 선뜻
하얀 물감 뿌렸나?

파란 하늘,
어릴 때 나의 꿈

저 옥빛 꿈 판에
누가 서둘러
회색 물감 엎질렀나?

파란 하늘,
어릴 때 나의 희망

저 높은 정상,
누가 감히
넘볼 수 있으리.

첫사랑

누구도 함부로 밟지 않은 신비의 숲
그곳에 숨겨진 소설 같은 이야기
시들지 않을 것 같은 한 송이 야생화

계절이 바뀌어도 변함없는 자태들
농익는 가을을 살찌우게 하는 무지갯빛 햇살
바로 그대의 얼굴
가득 머금은 능금 빛 미소

흠모의 향기가 코끝 자극하고
코스모스 가는 허리 때리는 손길
첫사랑을 그립게 한다.

환상의 꿈과 어우러진 옛이야기
언제나 긴장과 낭만이 있었다.
젊음을 채근하듯
바빠지는 발걸음 따라
언제까지나 오래도록 간직하게 합니다.

만남의 의미

작은 만남일지라도
만남은 설렘이 있고
이런 저런 추억도 만든다.

짧은 만남이지만
간직하고픈 추억
책갈피에 꽂아두듯
뒤돌아보면 아쉬움 남더라.

하잘 것 없는 만남이라도
그것은 긴장과 기대
미지의 여행

아무것도 없는 만남이지만
그곳은 빈자리가 아니고
살아가는 새로운 이야기를 지어낸다.

성숙한 만남
불신을 깨어버리고
나를 다스리는
좋은 만남이 되어요.

우아한 하루가 열리니

보석가루 뿌리듯
눈부신 아침햇살
새 생명을 일깨운다.

지난밤
서러운 긴 어둠
내몰 듯 조심스럽게 밀쳐내며
우아한 하루가 열리니
세상은
시작이며 정상을 향한 도전.

아침햇살은
아름다운 미소.

불안한 잠
떨치듯 몰아내고
저만치 하얀 물줄기 따라
동양화처럼 피어오르는 아침안개
보일 듯 말 듯
단잠에서 갓 깨어난
여인네 속살이어라.

아침햇살 아래
이름 없는 산자락도
수줍은 미소로 아침인사 보낸다.

연정

지난봄에 불던 바람
그리움 가득 싣고
포옹하며 입맞춤하던 바람

그 여름에 불던 바람
미래의 약속을 잉태할 것 같던
보람과 되새김의 바람

어허 가을에 불던 바람
결실이 아직 여물지 않았는데
장밋빛 흔적만 남기고 간 바람

이제 겨울 문턱에서 부는 바람
무심중 돌아서게 하는
가시 돋친 쌀쌀한 바람

그리워하다가
사랑하려 했는데
어찌하랴, 가슴에 품고
그냥 지나쳐야겠다.

겨울잠이 지루했나 보다

겨울잠이 지루했나 보다
봄비 맞은 고단한 나뭇가지
조심스레 숨 쉬는 소리
침묵의 대지 위에
미끄러지듯 퍼져나간다.

담 쌓고 지내던
저 이웃 고을
겨우내 가슴 조이며
은근히 기다리던 봄소식
사람들 소리와 함께
기약 없이 전해 올듯하니
차분한 기다림이 도래질 한다.

작은 미소 속에 감춰진
추억에 얽힌 이야기
보랏빛 깃든 저 벌판
터-엉 비어있는
허전한 내 가슴에 넣어야겠다.

사랑의 그림

으--ㅁ
잠깐만,

나는
지금
사랑의
그림을
그리고
있는 중

보고 싶고
그리우며
자꾸만
상상이
바람처럼
머물지 않고
그냥
지나간다.

많고 많은
그림들
소홀할 수 없는
귀한
보물들

그것은
말이 없어도
한 보따리
미소 가득
흔한 것 같지만
결코
소중한 것,
하여
대견하기도 하고
어여뻐
그래도 어여뻐
언제까지나
가슴에
품고 있어야 할…

안녕!
이렇게
인사 건네면
아니!
그래?
아직
우리
다시
시작…

항상 그래
내 맘이니까
즐거우니까
행복하니까
어쨌든
좋으니까

그렇다니까
정말이야,

추억이 배인
삶의 그림
어제와
오늘의 이야기
그리고

내일의 그림
오래 오래
간직될
사랑의 그림

나,
지금
그
그림을
그리고
있는 중.

새 천년의 이름으로

지는 해
닫힘의 이름
아쉽지만
아쉬워하지 말고
아쉬워
모든 아쉬움까지
모조리 안아 가소서.

뜨는 해
열림의 봄,
새로운 출발
서두르지 말고
나아갈 길을 살피며
들떠있는 자신을 다독거리니
경진庚辰에 커다란 용꿈을 꾸리라.

지는 천년
새 천년의 이음
기도하리라,
결코 단절이 아님이니
차분한 이음 이가 되라고,

잠들어있는 산천
무한한 대지
새 생명의 온기 넣어
바다라도, 저 하늘이라도
열려있는 이 품으로 안으리라.

입동 날에 핀 진달래

너는 시절도 잊었느냐?
자람을 멈추고 휴면에 들어야 할 너는
푸르렀던 무리들 사이로
자태를 뽐내기라도 하듯
지난 봄 때처럼
당당하려 하는구나.

너는 계절을 먹어버렸니?
입동 날에 활짝 웃고 있는 너
철없는 숫처녀 미소 같구나.

솔가리, 갈잎, 비웃기라도 하듯
연노란 잎망울
살짝만 건드려도 쏟아질듯하다.

낙엽 밟히는 소리 재우며
눈으로 어루만지니
이 날에 환하게 웃고 있는 너는
나의 시름을 달래준다.

너는 성급한 아우성
한 시절을 뛰어넘어

기다림에 지친 나머지
꿈속의 꿈을 꾸어 대고 있구나

옷 벗은 나뭇가지 사이로
느긋한 햇살 스며드니
입동 날에 피어난 진달래,
더불어 사는 삶의 동반자
그대여!
오뚝이 생명이어라
도전의 생명이어라.

포기하지 마

1
아기야!
아직 하고 싶은 말 못하여도
너만의 생각은 있지?
엎어질 줄도 모르고
앉거나 설 수도 없지만
포기하지 말거라

너에겐
이 세상에서 단 하나뿐인
가장 포근하고 따뜻한
엄마의 품이 있지 않니?

2
아이들아!
오르다가 미끄러지고
뛰다가 넘어지고
서로 싸우며 허정대다
멍들고 코피 터져도
그냥 쉽게 포기하면 안 돼

개구쟁이 털털방구

철 지나면
어느새
의젓해질 것이야.

3
청소년들아!
어른들이 무관심해도
공부 안 돼 성적 아니 올라도
유혹에 혹하여 실망 한번 했더라도
쉽게 포기하지 말자
시간과 씨름하며
바르게 정진하다보면
너 자신도 모르게
성장하고 있을 테니까.

4
장년들이여!
가다 벽에 부딪히고
기고만장하다 실패 만나거나
망설이다가 기회 놓쳤다 해도
결코 포기하지 맙시다.

아직은
힘 쓸 수 있는 젊음
그 젊음이 있으니
야심찬 이상
누가 뭐라 하여도
그대들의 것
지혜롭게 삽시다.

5
중년들이시어!
가장의 자리 고달프고
오가는 발걸음 무거워
어느 날 졸지에
젊음에 밀려
앉을 자리 없어진다 해도
정녕 포기하지 맙시다.

불현듯 찾아오는 공허
초라해지려는 자신과의 싸움
나의 삶은 역시
그 누구도 대신할 수 없는
나만의 것이기에
멈춤 없는 매진으로
꼭 성취해야 합니다.
어디 죽으란 법이 있겠습니까?

힘없이 좌절하지 말고
뻔뻔할 정도로
의연해집시다.

6
노인장들이시어!
늙고 병 얻어 힘없으니
젊은 놈들 경거망동하고
세월 무상하야
세상에 속았다 하여도
쉬 포기하지 마십시오.

어찌 되었거나
이 세상 인연
값진 것 아닌가요?

포기하지 않는 삶
소중한 생
끝까지 보여주시고요

힘은 들지만
살아볼 만한 가치가 있지 않습니까?

어떤 생각

1
불현듯 스친다.
어떤 생각이…
멈춘다.
한곳에 나의 시선이…

카오스는 지나가고
진정한 평온의 시간

어둠을 지워버리고
열림을 맞이하는
힘찬 새날,

밝은 미소 지으니
새 힘이 솟는다.

2

지난밤의 꿈이었나?
무의식으로 어둠을 빠져 나오니
쑥스러운 듯 작은 미소
임을 향한 연정이어라

나는,
현실의 노예가 되기 전에
시공을 넘나들며
주인으로 남으리라
끝까지
불멸의 버팀 이가 되리라.

흔적

아무리 분주한 생활일지라도
살아있음의 증표로
몇 편의 시를 적어놓자
살다간 흔적이 되어
바삐 따라오는 길손
잠시 숨 돌려 가라고.

존재의 가치

세월이라는 대공에 매달려 있는 시간
무심코 이웃집 드나들듯
편안한 뒷날이었으면 좋겠습니다.

유혹

겨우내 웅크렸던
위대한 인내가
마침내 지루한 기다림과
짓눌린 압박으로부터
해방의 기지개를 켠다.

너는 바깥세상이 좋아서?
맑고 투명한 햇살
신선한 공기와 만나려고?
음, 그렇구나!

말없이 너를 품고 있던
온기 없는 대지
너를 떠밀어내는데
너는 의연할 뿐
너,
두렵지도 않니?

이제는 그 차가운 대지에
깊숙이 뿌리 내려
또 다른 유혹에도
흔들리지 말고
푸른 꿈 키우며
화려한 결실을 이뤄내자.

이 세상은

이 세상은,
두 눈 감으면
온통 까만 암흑

이 세상,
두 눈 뜨고 있으면
사뭇 분주한 삶터

어떤 세상일꼬,
두 눈 감을 수 없다면
이 세상이

어떤 세상일꼬,
두 눈 뜰 수 없다면
이 세상.

꿈과 축복

우리는 살아가면서
때때로 축복을 맞는다.
크고 작은 축복을…

우리는 느-을
꿈을 먹으며 살지만
축복은 먹을 줄 모른다.
소박한 그 꿈은
바로 축복일 수도 있는데…

바쁨에 지친 사람들
축복이 어디쯤 있는지
무심코 지나치며
알려고 애쓰지도 않는다.
하니 아쉽게도
축복, 그 축복을
맞이할 준비도 할 수 없다.

살아가면서
꿈과 축복
늘-을 가까이에 있지만.

고향에는 언제나 동심에 부풀었던
어린 시절의 꿈이 존재하듯
내 마음속에 하얀 등불 하나 켜놓고
밝은 내일
그 등불에 함께 비춰 보며 살자.

송사리 떼

올망졸망 모였다가
요리 저리 흩어지고
유유히 헤엄치니
물풀 사이에 그림 그린다.

내 마음 동심 되어
거울 물로 입술 적시며
무명바지 무르팍까지 걷어 올리고
까만 고무신 배 띄우며
송사리 잡아 물 가두니
반가이 손짓하는 옛 동무 생각

귀여운 아해들 같은
장난꾸러기 송사리 떼
내 모습이고 네 모습 닮아
동심의 추억으로 가는 길목일세.

호숫가에서

물 동그라미 커진다.
커지다가 미끄러지듯 퍼져나간다.
그러다가 물 아지랑이 속으로
동그라미, 큰 얼굴 감춘다.

삶의 회오리
꿈속 파노라마 운치
물 냄새 코끝에 닿으니
손 내밀면 잡힐 듯하지만
수줍은 듯 이내 숨바꼭질.

작은 것은 커지고
커졌다가는 이내 숨어버리고
또다시 커지다가 또 숨어버리기를
술래잡기 큰 얼굴,
하늘 가르는 제트기 소리가
조용한 호숫가 이야기를 보쌈 해 가버린다.

가로등 불빛

때도 장소도 탓하지 않고
짝 없이 홀로 서 있는 가로등
의로운 저 불빛
어린 날 내 마음 비추고 있다.

환하지도 어둡지도 않으면서
세상 부끄러움 감춰주며
나뭇잎 나뭇가지 사이사이로
녹아 흐르는 듯 우아하게
내 작은 우주 속으로 젖어든다.

언제나 말없이
고개 떨구고 침묵
언제 누가 세웠나
밤마다 별빛, 달빛과 읊조리려고
숨죽이고 서 있는 저 가로등

어김없이 찾아오는 밤
쓸쓸히 홀로 지키는
외톨이 파수꾼 되어
낯선 어둠 막아주려고
뭇 시선도 마다하지 않는다.
미륵불 미소 되어
삼라만상 내려다보니
아침을 여는 여린 마음
이른 새벽 동트는 소리
나래 접는 가로등 불빛.

청계산 오이 나눔이

어느 주말
청계산으로 등산 나들이
골목길 같은 산행 길 초입은
원색 등산복 차림으로 사람들 북새통

좁다란 길 가장자리 좌판
갖가지 먹을 것, 푸성귀 하며 종류도 많다.
내 딸 민이는 김밥에 번데기 한 컵,
아내는 콩고물 듬뿍 인절미 한 접시,
나는 수수떡 두 개와 풀 빵 한 봉지,
복잡하고 번거로움 도심에 놓고
홀가분하게 외길 따라 산행이다.

한참을 올라가는데
사람들이 저마다 손에 오이 하나씩을 들고 내려온다.
누군가가 공짜로 오이를 나누어준다고 한다.

아니,
이 시대에 벌건 서울 하늘 아래서 웬 공짜!
그래,
한번 올라 가보자
어! 진짜네

산을 오르는 사람,
내려오는 사람
모든 이들에게 오이 하나씩을 나누어주는 것이다.
쉽지 않은 우리네 따뜻한 인심의 현장(?)
우리 민이 오이 하나 들고 마냥 좋아하고,

젊은 남녀,
오이 나눔 이들의 얼굴엔 밝은 미소가 가득
오이의 상큼함과 함께 신선한 충격을 준다.

오이 하나 드세요.
좋은 하루 되십시오.
어제 저녁에 깨끗이 씻었습니다.
그냥 드시면 됩니다.
친절한 인사말까지 건넨다.

가을 산행에 가볍던 마음
더욱 넉넉해지고 풍요로우니
청계산 계곡에
이 마음 묻어두고 싶다.

* 청계산: 서울 서초구 소재

궁남지宮南池에서

인적 드문 8월의 궁남지
휘늘어진 버들가지
가뭄에 시달린 못
파란 물푸레로 수놓고
한 쌍의 연인들이 남기고 간 밀어를
품으로 안고 있는 포룡정抱龍亭

매미소리 풍류 되어
옛 백제를 부르고 있는데
버들 그늘은 임자가 없구나

어디에 있는가 백제여!
찬란한 역사를 만들어낸 백제인들이여!
이제는 외면당한 백제의 자존심이 무색하다.

한 달여 지친 가뭄 앞에
힘없이 늘어진 버드나무 가지
매미 소리에 묻히고
무더위에 녹아버리고
백제의 자취를 찾을 길 없다.

수세기 더듬어
허망한 꿈이 아니었다고
백제 앞에
무왕 앞에
숙연히 묵념이라도 해야 할까?

무상한 세월의 뒤안길
반김 없는 이 나그네도
발걸음 옮겨야겠다.

* 궁남지: 백제시대 최대의 인공연못으로 충남 부여 소재

고향 가는 길

2003년,
계미년癸未年
새해 벽두
얼마 만인가
무궁화호 열차에 몸을 맡기고
내 고향
빛고을에 가는 길
온 세상
양털 옷 입었네

늘 그 자리 지키던
철길 이은 주변 풍경
시절 따라 사철 옷 갈아입으니
차분한 설경
그저 고향 생각 절로 난다.
그리운 정 함께 담은 꾸러미
양손 가득 바리바리
들고,
이고,
등에도 메고
종종걸음 객차에 오르는 아낙네
그 뒷모습이 바로 고향일세.

지금은
육화六花이불 뒤집어쓴 이 길
지난해에도 올해에도
언제고 그대로이니

젊은 연인들
옷깃 파고드는 칼바람
어깨 체온으로 막아내며
봄날이면
추억 만들기
아지랑이 피어오르던 길

여름엔
차창에 부딪치어 깨어지는
빗방울과 대화 나누고

가을이면
넘실대는 황금빛 물결
시원하게 가르며
막힘없는 벌판을 질주하던 길

아! 하얀 겨울의 이 길은
그저 숨죽인 육화 만발
매년 이맘때마다
고향 가는 나의 길,
바로 우리네 길이로다.

외롭게 춤추는 여인

오색등 희미한 불빛 아래
잔잔한 댄스음악에 맞춰
취기 어린 시선을 주목 받으며
가녀린 몸짓
외롭게 춤추는 여인

젊음의 열정
온몸으로,
온몸으로 말하는 여인
질펀한 시선 앞에서
길들여진 육감으로 세상을 조각한다.

윤기 없는 하얀 피부,
미라의 고독한 입맞춤

찰랑이는 긴 머리칼,
풀려진 사랑의 매듭

입 다물어 말이 없는 슬픈 표정,
잠들지 못한 액자 속 초상화

춤추는 여인이여!
슬픈 표정 하지 말고
웃으면서 춤을 춰요
작은 등일랑은 보이지 말고
미소 보이며 춤을 춰 봐요

희미한 불빛 아래
차갑고 슬픈 몸짓
외로움을 토해내며
흐느끼듯 춤추는 여인이여!

존재의 가치 1

그대는 참 좋은 사람이다
생각만 하여도 마음이 편안하니까
창밖으로 보이는 높은 하늘처럼
그대와 멀리 떨어져 있는 것 같지만
아주 가까이에 항상 존재하니까

사랑하기엔 너무나 멀리 있었는데
그래도 부질없이 사모하고 말았으니
이제는 물려야 하나?
돌이키기가 쉽지 않습니다.
차라리 마음 바꾸어
도로 물리려고 생각하면
더욱더 허전해서
큰 그리움이 옥죄어 온다.

내 마음을 다독이기에는
또 다른 고통이 뒤따르게 하니
그대의 벽은 참으로 높기도 합니다.
살며시 들여다보니 마술 상자의 비밀
아무렴은 상상속의 미로
한편의 시와 같다고 말하리라.

존재의 가치 2

먼 훗날 전설 되어
주인공 없는 사랑은 하지 말아요
세월이라는 대공에 매달려 있는 시간
무심코 이웃집 드나들듯
편안한 뒷날이었으면 좋겠습니다.

밀알 같은 가치로 남는다 해도
아직은 정열이 있으니 수줍어하지 말아요
우리에게 주어진 특권으로 여기며
후회 없는 그날이었으면 좋겠습니다.

아무런 거리낌 없이
답답한 심사를 맘 편히 맡겨 보면
조금은 후련해질 것이고
그래도 늦지 않았다고 여겨도 될 테니까요

오늘도 용기와 도전이 필요하다면
어떠한 두려움과 걸림돌이라도
우리 앞을 막을 수 있을까요?
후회 없는 뒷날을 위하여
기다리는 감동에 스스로 도전하렵니다.

하늘과 바람 그리고 나무와 풀잎

하늘은 좋겠다.
그리워하는 사람
주저할 필요 없이
언제라도 바라다보며
함께 할 수 있으니,

바람은 참 좋겠다.
그저 좋아하는 사람에게로
천사 날개 달고
가까이 다가가서
시원한 소식 전해줄 수 있으니까,

나무는 또 얼마나 좋을까?
많은 사람들에게
시원한 그늘을 주어
그 그늘 아래 머물게 하여
보고 싶은 얼굴 쳐다볼 수 있으니

파란 풀잎은 어떨까
귀히 여기는 사람 가는 길
붉은 카펫 되어
사뿐히 맞이하고
편안한 동반자 될 수 있으니

하늘이어라
바람이어라
나무이며 풀잎이어서
구름 되고 꽃향기 되어
사랑하는 사람 만나러 가자.

사계四季 노래

잔설 녹아
개울 물 흐르니
봄을 여는 소식
앞마당을 일구어
꽃씨를 뿌리자

태양 볕이 내리 쬐면
초록의 축제
여름의 하모니
벌, 나비, 개미떼…
해 종일 분주하다.

낙엽 떨어지면
가을이 저물고
들녘 인심
노적露積, 야적野積
풍요 한마당

찬바람 끝
하얗게 쌓인 눈
겨울의 안주인
사랑채 아랫목 내어
객주客酒를 빚자.

금세기 마지막 첫눈

가는 천년의 마지막 첫눈
오는 천년의 문턱 초겨울

길들여지지 않은 낯선 초설初雪
온 세상을 분별없이 휘저어도
그저 기분 좋은 혼란이다.

첫눈이 내리니 가을 가고
겨울 옴은 한해의 저묾

첫눈은, 꾸밈없는 낭만
한때 한 시절의 추억이 되고

첫눈, 연인과의 속삭임
설레는 추억의 동화책

첫눈, 살아가며 내가 거두어야 할
마음으로 간직해야 하는 낭만이어라

오늘의 첫눈
금세기 마지막 첫눈…
그 첫눈을 바라보는 여유
비어있는 만큼 채워 두어야겠다.

이기는 것은

낮추어
나를 낮추어
바로 보지 말고
바로 듣지 말며
언제나 모자란 듯
비워두시게나

발 뿌리에 돌멩이 닿으니
내 발 아프지 않던가?
나뭇가지가 흔들거리니
바람이 생겨나지 않던가?

있는 듯 없는 듯
빈자리 남기는 여유
온 세상 시끌벅적 해도
반듯하면 고요하고
아무리 어수선하여도
못 이긴 듯 질서정연하면
만사가 형통하니
저주는 것이
돌아서면 이기는 것이여!

나무들의 대화

나무들은
언제나 그 자리에서
동토凍土를 지키며
실가지로 봄을 부른다.

나무들의 대화
아기자기한 속삭임
마른 대지는 갈증을 풀고
연노란 촛불을 생산한다.

나무들은
벌거숭이 온몸으로
하얀 바람 마시어서
아름다운 불꽃을 쏟아낸다.

하늘의 양기 받고
땅속 음기 품어
무성한 잎과 가지는
바람을 만들고
시원한 그늘 지어
오가는 길손
발목을 잡는다.

근성

서로라는 것
멀리 있으면
가까이 하고픔이
간절하고
가까이 하면
멀어지려고 하는 속성

세월이 쉼 없이
가고 있으니
내 모습도 세월 따라 변하고
내 모습 변하니
온 세상 또한 변해 보인다.

스스로 성숙했다고
생각하는 것은
나의 자유 안에서
무절제하게 행동하는
근성일 것이다.

단비

지루한 가뭄 끝
온 세상이 환한 웃음꽃 피었습니다.
그토록 애태우던 수십 년 만의 물고픔

재앙 같은 시련의 끝자락에 단비
힘들었던 농심의 미소
자식 같은 농작물에 생기가 돌고
거북등 논바닥
푸석거리던 먼지 길도
차분해졌습니다.

불태우듯 뜨거웠던 폭염
순박한 농심 울리며
산목숨까지도 앗아가고
나라님도 어찌 할 수 없었던
지독한 가뭄의 아픔도
단비 줄기에 숨죽이며 밀려간다.

장곡사長谷寺 가는 길

장곡사 가는 길
들꽃들은 시큰둥
허리 굽어 고단한 노송
길 가는 나그네의 인기척
모른 척 외면한다.

절간 입구
영겁 속으로
밟히고 또 밟혀질 길인데
지금은 까맣고 반듯하지만
장곡사 드나들던 스님 네들
그 발자국 어디에서 찾아볼거나.

* 장곡사: 충남 청양 칠갑산 소재 고찰

웃음

웃음,
진정한
울음의
잉태.

웃음,
그 뒤에
숨어있는
의미!?

웃음을
알면
눈물의
진정한
의미를
알지.

그리움

바람처럼 스치는 세월
가볍게 지나치고 말 걸!
내가 머문 자리
항상 그리움이 함께 한다.

창밖에 또 다른 세상

1

높은 하늘 쳐다본다.
넋 놓고,
생각 놓고,
모든 근심걱정 다 내려놓고.

먼 산 바라다본다.
쓸개 빠진 노루같이
들 갈이에 지친 황소처럼
모든 시름 다 내려놓고.

말없이 흐르는 냇물 따라
발걸음 옮겨본다.
지난날들을 밟으며
티끌 닦아낼 빈 생각으로.

2

내가 누구이던가?
내가 무엇이던가?
내가 왜 여기에 와 있는가?
내가 왜 여기에 서 있는 것인가?
여기는 어디인가?

나는 누구이냐?
나는 무엇 하느냐?
나는 과연 어디에 있느냐?
나는 또한 어디로 가느냐?
여기는 무엇인가?
무엇이든 다 내려놓자
마음을 털어내어 비우듯

3
상상도,
환상도,
현상까지도
슬픈 듯,
즐거운 듯,
모두가 터-엉 비어있다.

4
함성으로 대하랴
묵언으로 막으랴
사방 둘러보아도
내일은 장벽에 쌓여있고
무엇을 내려놓아야 할지
숨 막히게 막혀있네 그려.

생의 밑그림

삶,
삶과 죽음
삶의 의미
느-을
그것이 문제이다.

삶과 나

생활
인생
생의 밑그림
한바탕
어우러진
신명나는
사물놀이 같은
삶,

삶과 우리
운명의 만남
그것으로
미치는 그것이
삶일 것이다.
미치는 그것이
죽음일 것이다.

시집 한 권 선물하구려

이 밤이 거두어지기 전에
나는 노래하련다.
여문 밤 지루함 털어내고
내 청춘 묻어두려고

사람들의 체온이 따뜻할 때
그들의 호흡이 숨 쉬고 있을 때
그들의 맥박이 뛰고 있을 때
사랑하는 사람들아!
풍성한 이 가을과 함께
시집 한 권 선물하구려

분신처럼 소중한 사람과
진정으로 아끼는 사람
그리고 정말 사랑하는 사람에게

아름다운 꿈,
즐거운 낭만,
변함없는 사랑과 행복,
미래의 소망이 담겨 있는
작은 시집 한 권
내 맘 함께 담아 선물하구려.

어느 여인 1

한사코
말이 없던 어느 여인,

차분하던 걸음걸이
비단 올 보드라운
까만 머리카락 흘러내리며
고개 숙임으로 인사말 건네던
그녀는,
지와 미를 겸비한
차분하고 세련된 여인이었다.

익숙한 외로움
몸에 배어있었던 그 여인,

따끈한 찻잔
수줍음의 정 담아주고
미소를 감출 줄 아는
그녀는,
언제나 조용하며
수수하고 정숙한 여인이었다.

어느 여인 2

미소 뒤에 감춰놓은 사연
눈빛으로 인사말 대신하니
쓸쓸해 보이던 그 여인,

보일 듯 말 듯
하얀 은 이빨이 매력적이었고
도시에서 온 것 같았던 그 여인,

부끄러워서
앞모습은 보여주지 않아
수수께끼 같은 그녀,

무성영화 속에 등장하는
여자 주인공처럼
그녀는,
소리 없는 미소로
말하는 여인이었다.

어느 여인 3

쪽빛 하늘 아래
낙엽 구르는 소리
어느 여인의
미소가 있었네.

노란 실크 머플러
목 뒤로 젖혀 감고
바바리 깃 세워
옷자락 펄럭이며
말없이 걷고 있었네.

오색 물들인 한마당 잔치 속에
여인의 감춰진 미소
부신 햇살이 삼켜버리고
감나무 잎 사이로
둥지 잃은 들새 한 마리
분주하게 날갯짓 한다.

가을비 머금은 구름 한 조각
무거운 고개 떨구며
허전한 가슴 닫고 쓸쓸히 걷던
어느 여인,
그녀는,
침묵으로 말해놓고
가을바람 타고 떠나버렸다.

나의 뒷모습

누가 나의 뒷모습을 지켜보랴!
보아주는 이 없어도
힘주어 당당하자.

뭇 시선들
무심하게 지나치더라도
꼭 지켜보고 있다고 여기고
쪽 가슴 뒤로 젖히며
멋지게 걷자.

나의 뒷모습,
화려했던 지난날의 꿈
지칠 줄 모르던 젊은 힘
용출湧出하던 기상
한 순배 겨루고 나니
이제는
소박한 드라마 같은 삶이 곱다.

시작은 없었다.
시작이 보이지 않는다.
끝도 없을 것이다.
보이지 않는 끝을 향하여
외롭고 쓸쓸하거나
부끄럽지 않는
나의 뒷모습으로 남기자.

홀로 걸으며

버거운 등짐 겹으로 둘러메어
힘에 부치고 몸과 마음이 고달파도
지난 일은 탓하거나 투정하지 않으리라
아무도 대신할 수 없는 나의 짐이니까

어떤 약속도 없었지만
마치 기다려 주기라도 하듯
막연한 기대감
심난한 마음 달래보려고
발길 닿는 곳으로 떠나본다.

어쩌면
그 누구에게서든지
위로 같은 거 받아 보기 위하여…

초행의 낯선 길
반김 없는 외로운 나그네 되어
무작정
가다가다 머물러 보는 곳
기다려 주리라는 기대와 함께
무겁게 끌고 온 그림자
넋두리 같은 연민의 정이 서린다.

잡초 무성한 이름 모를 무덤가
칠월의 저녁노을과 어우러진
떠돌듯 맴도는 구름 같은 안개
억울하고 슬픈 혼백의 몸부림

번지듯 피어오르는 계곡의 산안개
능선 따라 곡예 하듯 걸쳐있어
화폭 속에 생 물감 냄새가 코끝을 스친다.

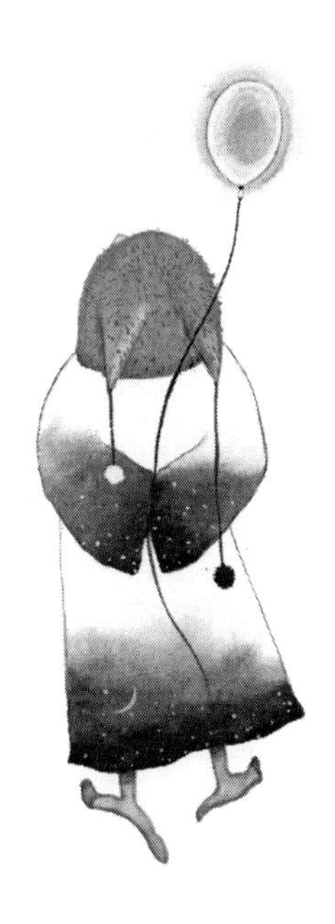

고향을 지키며 사는 친구에게

유수流水와 같은 세월의 흐름과 함께
시절의 변화는 어김없이 되풀이되지만
인간사 번뇌煩惱 망상妄想들의 짓궂음
늘 무상無常하여 참으로 구태의연舊態依然하다.
언제 보아도 한결같은 소박素朴한 나의 친구
깨끗한 화지畵紙 위에
그림 그리듯 자네의 모습을 그려본다네,

고향에 대한 아름다운 추억과 향수鄕愁
나이 들면서 더욱 절절해지고
어릴 적 철없던 때
철부지들의 올통볼통 설익은 정情
죽마고우竹馬故友 되어 한층 더 그리워지는군,

고향을 지키며 열심히 살아가는 친구여!
다른 벗들도 두루두루 잘살고 있지 않겠나?
이 몸 아직껏 민중民衆의 울타리에 갇혀있으니,
큰 꿈 부풀었던 학창시절學窓時節
하늘 찌르던 기백氣魄
호연지기浩然之氣 이상理想은 다 어디로 가고
쉰 머리칼은 세월의 무게만큼 늘어만 가니
허겁지겁 세파世波의 긴 터널 속에서

쫓기며 매달리듯 달려온 질그릇 젊음
끈질긴 푸념들이 바쁜 걸음 느긋하게 하네 그려,

지나온 길 뒤돌아다볼 겨를도 없이
이제는 '건강만 하여다오'라고,
분주奔走한 생활 속에 후회後悔 없는 날들만 있으라고,
늘 넉넉함이 충만 되라고,
그때 그 시절 우정으로 기원祈願하니
뭐니 뭐니 해도 건강하시게나.

- 친구 김기호에게 고향을 떠나 사는 친구가.

양심

나를 보아주는 사람 없어도
하늘이 내려다보고 있구나
창문 틈으로 새어드는 작은 불빛 또한
나를 감시하듯 훔쳐보고 있지 않은가

아무도 없어 혼자이지만
나를 쳐다보고 있는 무리들은 많구나
아무런 기척 없으되
나를 그냥 편하게 놔두질 않는다.

함께 하는 이 없어도
나는 혼자가 아닌 것이라네,

헛되이 해서는 아니 되겠구나
되풀이할 수 없는 귀한 이 순간
함부로 낭비해서는 아니 되겠구나
돌이킬 수 없는 이 순간을

나의 생명
훔치듯 앗아가는 생활들
여분 없는 금쪽같은 시간
낭비하는 나의 양심
나의 허술한 양심이여!

도시의 까만 바람

도시의 거리
문명의 소리로 가득하고
문명의 소리
까만 바람을 몰고 온다.

까만 바람이 멈추고
발아래 어둠이 찾아오면
새둥지를 틀어
긴 밤을
지새우리라.

도시의 밤하늘
온 누리 황홀하지만
길 잃은 유령의 미소
가득 채워져 있으니
그 미소가 따뜻해지면
벽 없는 이브의 방을 만들어
칼날 도시 인심 녹이며
지루한 밤을
달래보리라.

그리움 1

한 하늘 아래 존재하지만
이토록 따로이니
멀리 있음은
어인 조화일까?

무거운 어둠 밀려나고
새 아침 열리기를
여러 날이 거듭되어도
변함없음이 있으니
그리움에 지친
젊은 마음의 도래질 뿐일레라.

그리움 2
- 어느 여름날

이국적인 잿빛 하늘
태양 볕 쨍쨍,
주홍 빛 장미
임의 얼굴
수줍어 새털구름 속에 숨어있네

소나무 숲 사이로
비단결 수놓은
솔바람 스치니
그 느낌,
상큼한 임의 미소이어라

여기,
뜨거운 열기로 달궈진 우리네 울타리
우리,
젊음의 상징
살아 있음의 확인

임 그리는 마음으로
이 여름을 거두련다.
오뉴월 폭염을 안으련다.

그리움 3
- 한적한 들녘

밤나무 꽃 냄새 속에 장끼 울고
재재거리는 참새들의 지저귐
하얀 나비 들꽃 사이로 분주히 난다.

한가로운 농촌 들판은
녹색 양탄자
평화의 광장

철이 일러 키가 작은 코스모스
부끄러운 듯 엷은 미소

열정으로 꼭꼭 숨겨놓은 그리움,
은행나무 잎사귀 틈새로
잘 익은 햇살 쏟아내며
내 마음 흔들어 놓고
숨겨놓은 그리움 빼앗아가니
작은 얼굴 화끈 거린다.

바람처럼 스치는 세월
가볍게 지나치고 말 걸!
내가 머문 자리
항상 그리움이 함께 한다.

거울에 비친 나의 모습

숱 많던
까만 머리카락이었는디
염병할 세월 앞에
쉰 머리털을 세어 볼랑께
수날 걸리것다.

팽팽하고 매끈하던 얼굴
윤기 없이 푸석거리고
이제는 어느새 검버섯 투성
애꿎은 세월만
뿌담시, 머시라고 탓 허것냐?

눈가에 주리 주리 잔주름
엮어 엮어 삶의 이야기책
아래턱 빳빳한 수염
얼굴 비비면 내 딸 민이가
"아이 따가워" 하더니
그럴 만도 하구나

어-메!
수염 중에 허연 놈들이
나를 또 한 번
놀라게 해분다.

취중 일은 모두 무효

1

취중 일은 모두 무효여!
그날 밤의 그 술판
떠들썩하게 야단스럽더니
아침 되면 언제 그랬든가
모두들 말짱하니
술이란 참으로 묘한 것이여!
취중에 내가 한 말은 모두 무효여!

실컷 떠들고 허풍 떨던 그 거드름이
모두 무효라니
멋쩍은 웃음,
취중 일 모두 허사 되었네
술이란 참 편리하기도 하지

술 취한 사람들
기분 어떤 것일까?
하늘이 손바닥만 하고
자기 취기에 자기 기분, 자기 눈높이니
세상세태 불편 없어 좋겠다.
술 취하지 않은 멀쩡한 사람
결코 그게 아니어 답답하이

술은 술끼리 만나야 하는 것이여!
술이 술을 부르니까?
술과 술이 서로 제대로 만나야
그것이 마땅하지 않겠나
술과 술이 아닌 것이 만나면
그것은 불편할 뿐이제

2
"있다 끝나고 소주 한잔 하지?"
그 한잔이 한 병이 되고
한 병이 여러 병이 되어
거나한 술판으로 바뀌어
온통 수라장이 된다 해도
그저 좋은 걸 어떡해

술꾼의 5대 불문(?)
시간 불문
장소 불문
술 종류 불문
안주 불문
돈(술값) 불문?

술판의 합리화(?)
한 병만 더
딱 한 병만 더
일 삼 오 칠 구로 나가는 거여
N-1도 몰라?
오늘은 각 일병이다.

주당의 잔 다루기(?)
소주는 꺾기
양주는 음미
맥주는 걸치고
칵테일은 매달리며
와인은 즐긴다(?)
그럼 폭탄주는 조-옥 가는 잔.

건배도 동네가 시끄러워
위하여!
개나발!(개인과 나라의 발전)
당나발!(당신과 나의 발전)
원 샷! 노털 카!

3
취한 자에게
왜 사느냐고 물으니
혹시나 하고 산다고?

못 취한 자
무슨 낙으로 사느냐 하니
취해보지 못하고
취한 듯 미친 척 해보는 재미(?)

술 생각만 하여도 기분이 좋고
그런 술이 있으니 낙이 있고
그 술을 마시니 천국이 보이고
때론 술에게 먹혀보니
낙도 천국도 모두가 부질없는 것 아니던가?

술은 누구에게나 필요한 것이 아녀!
허나 때로는 필요할 때가 있겠제

낙도 천국도 모두 술 안에 있을까?
또 다른 크고 작은 세상
과연 술잔 속에 들어있을까?
언제쯤에나 한잔 술에
내 인생을 맡겨 볼 거나.

욕심

참고 기다리는 여유로움
욕심을 이기는 길일 것인데

삿된 욕심은 사람을 치졸하게 만들고
속성의 굴레를 벗어나지 못하게 한다.

몹쓸 욕심 앞에 뭉개지는 인격
헛된 욕심 앞에 포기해야 하는 자존감

늘 그런 욕심과 함께 살면서
서로 편안한 관계가 되어버렸나 보다.

잠깐!
아니…
놓아버리면
자유가 있는데

나를 이롭게 하고
나를 편하게 하고자
늘 탐하는 마음
그 유혹의 덫에 걸려
속박에 갇혀있네

버리기,
놓기,
접기,
오늘은 연습하고
내일은 실천하자.

송년법석

혼을 빼내 가듯
또 한해가 지워지는데

세상 사람들은 들썩들썩 법석이네
새 천년의 시작이라고
해 짐을 아쉬워하는 축제
해 돋음을 맞이하는 축제
엇갈리는 축제 분위기

등짐에 눌려 많이 힘들고
돌이키고 싶지 않은 어려움이 있었기에
한 시대를 스쳐 휩쓸고 가듯
빨리 보내버리고 싶어서인가?
서둘러, 오는 해 맞으려는 극성인가?

부풀어 새로운 미래
또 다른 큰 기대감
뜻 깊고 반가이 맞이하리라는
들뜨고 가슴 벅찬 기분과 함께
송년법석은
기묘년己卯年 저편
끝자리로 밀려나고 있다.

기묘己卯와 경진庚辰의 이음
새 천년을 맞는 축복
새로운 시작
희망과 기쁨을 뜨거운 가슴으로 품으며
대망의 새 천년 열린다.

제자리

1
사람들의 자리는
모두 제 몫 따로따로
넉넉하여 여유 있고
풍족하니 흡족하고
편안하여 행복 있음에
마음이 함께 하는 곳
바로 그런 자리가
제자리인 것을

마음 따로인데
몸만 가있다고
그곳이 어디 제자리이던가

몸은 있으나
마음 불안하고
가시방석 불편하면
쫓기는 듯 안절부절
어찌 제자리라 할 수 있으리

몸은 하나이지만
마음이 하나가 아니니
몸과 마음이 하나일 때
그곳이 바로 제자리가 아니리오.

2

차를 타고 가다가도
기분 좋아 콧노래 나오면
그곳,
차 안이 이른바
제자리

길을 걷다가도
아!
경치 좋아 쉬어 가면
힘들고 험한 길인들
그곳이 이를테면
제자리

사랑하는 이와 마주하여
행복을 느끼면
마음 편안하니
그 자리가 선뜻
제자리

그래서 제자리는
꾸밈도 겉치레도 없이
그저 물 흐르듯
조용하고 평온한 곳
바로 그런 곳이
제자리일 것이다.

3
으리번쩍 고대광실 좋은 집인들
행복 없이
불안 적적 초조하면
어찌 제자리일꼬

산해진미
진수성찬
그 앞에 앉아 있어도
먹고 싶은 마음 없으면
그 자리는 제자리가 아닐세

백년가약百年佳約
검은 머리 파뿌리 되도록
행복하게 잘 살자고
약조한 부부라도
부부금슬 펀치 못하면
어찌 제자리라 할 수 있으리오

부정한 벼슬자리
안절부절 조바심 나면
감히 벼슬한다 하리
불안 불편 지탄의 그곳
제자리가 아니고.

4

제자리란
자리하여 편안하며
따뜻한 가슴에 항상 열려있는 마음이니
진정으로 웃을 수 있고,

자리하여
피곤한 몸과 마음도
아늑함을 느낄 때,

자리해서
천하를 얻은 듯 부러울 것이 없고
넉넉한 마음 행복 넘치면
그곳이
바로 제자리가 아니던가?

자리하면
내 마음 줄 수 있고
네 마음도 받을 수 있어
온 세상이 형평 무상하니
밝고 따뜻한 마음의 자리
그곳이
정녕 제자리이어라.

살아가면서

살아가면서
누군가를
사랑할 수 있음은
나도
누군가의
사랑을
받을 수 있다는 것이다.

제5부

기 도

번잡한 세상
여유가 넘치게 하여
바른 세상 열리게 하면
살맛나는 세상
그 빛 보게 되리라.

산행

한적한 들길 지나 산행 접어들면
도토리나무 아래
늘 푸른 이끼 틈새로
허공에 입맞춤하듯
아려라 고사리 순 디밀고
말간 골물 속
가재랑 다슬기가 친구하자네

산허리 어루만지며
정상에 이르러 산 아래 내려다보니
아! 그리운 내 고향이어라
심호흡 뱉어내고
해묵은 청솔 향기 마신다.

칠갑산 줄기 따라
널따란 들판
홀로 앉아 콩밭 매는 아낙네
자갈밭 쟁기질하는
힘겨운 농부
빗살 밭이랑
촐랑대는 강아지

떡갈나무 사이로
이슬 자리만 남는다.

* 칠갑산: 충남 청양군 소재

내 고향의 소리

초가지붕 아래
새벽닭 홰치며 우는 소리
날이 밝는 소리.

골목길 어귀
개 짖어대는 소리
길손 알림의 소리.

논두렁 따라
누런 황소 우는 소리
농부들 새참 먹는 소리.

시냇가 빨래터
방망이 내리치는 소리
아낙의 한풀이 소리.

울 어매가 찾는
나 부르는 소리
하루해 저무는 소리.

소리에 귀 기울이니
소리가 있고
내 귀에 익숙한 그 소리는
고향의 소리
내가 살던 옛 시절
내 고향의 소리.

억새 옆에서

억새는 온몸으로 가을바람 일게 한다.
그 바람 타는 솜털 억새꽃
산새들 노래 소리에 화들짝 놀라
머리 풀며 흩날리니
어린아이 옷 벗는 모습.

인적 드문 산 어귀 모퉁이에서
하늘높이 모르고 솟다가
지 분신에게 들켜버렸네
푸르름으로 당당하던
싱그러운 자태 어디 가고
비바람에 지쳐도
허리만은 굽히지 않고
황갈색 물먹은 꽃줄기
소녀의 마른 입술.

어쩌다 지나치는 무심한 길손
눈길 한번 주지 않고
만개한 솜털 날리니
선잠에서 부스스 깨어나
흐트러진 꽃단장 만지듯
여인의 분 바르는 모습.

감각

몽매한 속물들
늙지 않으려고
망가질까 두려워
낮 밤 가릴 새 없이
들썩거리고 요란 떨며
발버둥 친다.

백 년도 못살면서
천만 년 살 것처럼

진실도
허실도
모두
앗아 가버린
무지 앞에
아직은
깨어있는
나의 존재를
호통 치자.

가을 잔회殘懷

1
가을 꽃
그 향기에 취한 벌이 되고
가을 단풍
그 다채로움에 젖은 채로
그곳에 머무르고 싶어라

어허!
보고 싶은 사람이 있으니
보고픔에 그리움이 쌓이고
쌓이는 그리움
한 조각 뜬구름 되어
가을 잔회로 남고 싶다.

2
잠들어 있는 솔가리 밟으며
솔밭 길을 걸으니
한 많은 내 어머니,
당신의 마른 가슴 밟고 있답니다.

가을 햇살 아래 산과 들은
개구쟁이들의 물감놀이
은행나무에 황금 열리고
그 나뭇가지 아래
노랑 물 뚝뚝 떨어지니
손 대면 물들것다, 노랗게

가을걷이 분주한 저 아낙의 손길
한 많은 내 어머니의 손길
당신의 쫓기듯 바쁜 모습
바로 그 모습인 듯합니다.

가을비 개인 오후

앞마당은 촉촉한 양탄자 깔아놓고
뒤뜰에는 추적추적 젖은 낙엽 널려있네
고운 옷 입혀놓은 플라타너스
끝없이 드높은 코발트 빛 가을하늘.

까마귀 까악 까-악 깍
참새들 째잭 째잭 짹
들새들은 찌륵 찌륵 찌르륵
경운기는 힘 부친 소리만 남기고
한참 멀리에 까만 점으로 사라진다.

가을비 개인 오후
차분해진 만추
신토불이 씨암탉
울타리 밑둥 부지런히 파헤치고
아랫집 굴뚝에 하얀 연기
빈대떡 냄새 가득 안고
춤추며 승천한다.

밤 열차

밤 열차
저마다의 갖가지 사연 싣고
쫓기는 살 되어
바람 가르며
어둠을 뚫고
제자리를 밀치듯
아쉬워도 미련 없이
빈자리 남겨놓고 떠나버린다.

휑한 그 빈자리
시시때때로
주인이 바뀌지만
사람들의
작별인사
잃어버린 언어들
쌀쌀한 밤공기
넋 없이 지키고 있다.

진짜 눈 내리던 날

대한 날
무리 진 하얀 나비들
사뿐 사뿐 곱이 내려앉으니
나 어릴 때 시집가던 우리 누이
어여삐 신부 단장
다소곳한 모습이어라

잘 다듬어진 향나무 그루
삼바 춤추는 브라질 여인의
펑퍼짐한 살찐 엉덩이

설 명절 앞둔 고향
늙으신 부모님의
자식 그리운 초조한 마음
전봇대 꼭대기
까치집 안에도 들어앉아 있네.

온 세상에
옹골지게 쌓이는 눈
마음이 허전한 사람들에게
따뜻한 정 함께 담아 나누고 싶다.

악동아!
빗자루 세워놓고
난로 가에 앉아
시린 손발이나 녹이려무나.

어머니의 작별인사

- 아버지의 84세 생신 날 -

팔십 평생을 넘게 살아오신 덕으로
세월의 무게만큼이나
검은 머리카락은 온통 파뿌리 백발이요
깊게 골진 밭고랑 주름에
구릿빛 얼굴은 검버섯 투성

당신들에겐 기막히게 소중한 피붙이길래
이 불효자식의 풋과일 가슴에 그 표정 묻으시니
어머니의 눈물주머니는 언제나 마르나 했더니
끝내,
감출 수 없는 눈물이 행여나 보이실까봐
꼬깃꼬깃 때 묻은 치맛자락으로 얼른 훔치시며
손녀새끼 조막손에 쌈지 돈 쥐어주시고는
"내 새끼야 조심해서 가그라이"
눈시울 붉히시며 못내 아쉬운 작별.

당신들의 몸부림 같은 가식 없는 온몸 인사
그 모습을 뒤로하고
이 불효자식의 마른 감정
무딘 가슴에 혼으로 담아 갑니다.

강건하시고 의연하시던 젊음도
순간의 한 시절로 스쳐 지나 가버리고
이제는 힘없고 초췌한 몰골
허망하게도 작아져 버린 당신들

촉촉이 적셔지는 주름진 눈가를
뼈마디 앙상한 손등으로 연신 닦아내시며
아니라고, 감추시려 애쓰시지만
허전하고 아쉬운 작별 앞에
어디 쉽사리 감춰지시던가요?
그럴수록 더더욱 가슴 미어지시지요?
목이 메입니다.
가슴이 참 답답합니다.
진정, 당신들이 안타깝습니다.
자식 된 도리가 원망스럽기도 하구요

가는 세월 잡아둘 수만 있다면
당신들 앞을 지체 없이 지나가는
야속한 그 세월을 묶어놓고
그 세월을 대신 떠안고 싶습니다.
대신 떠안고 싶습니다.

가버린 세월 되돌릴 수만 있다면
당신들 앞을 순식간에 지나간
한 많은 그 세월들을 돌려놓고
그 세월 함께 나누고 싶습니다.
함께 나누고 싶습니다.

편히 계시라는 말도 건성이요
건강하시라는 말도 빈말이고
오래 오래 사시라는 말도 입에 바른 소리
모두가 불효의 위선입니다.

지 갈길 멀다고 내동댕이치듯
지 한 몸 피곤하다고 내팽개치듯
지 새끼만 소중하다고 꽁지 내리고 줄행랑(?)
그래도 보이지 아니할 때까지 쳐다보고 계시는
당신들만이 이 땅위에 진정한 나의 보살이십니다.

어버이시어!
나의 어버이시어!
이 불효자식은
속으로, 속으로 아픈 가슴속으로만 눈물지으며
냉정하게, 태연하게, 아무렇지도 않은 듯
당신들의 작별인사를 받으며
떠나 왔습니다.
또 떠나 왔습니다.

아버지 병실에서

- 1996년 9월 26일 교통사고로 아버지 입원 -

내 나이 불혹지년 하고도 중반
철들고 처음으로 아버지와 함께 하는 밤이다.

가쁜 숨소리는
쉼 없이 달려온 증기열차
쉬어갈 간이역 플랫폼에
지치고 힘겨운 멈춤의 바로 그 소리

구릿빛으로 그을린 살갗
검버섯 투성이고
밭고랑처럼 깊이 파인 굵은 주름살
팔십 평생 당신이 손수 지어 입으신
고귀한 옷인가요?

검은 머리카락 있던 자리
정녕 파뿌리 몇 올인데
아직껏 핏자국 남아 있네요,

그 몹쓸 자동차
느닷없이 덮치는 순간
아스팔트 길바닥에 나동그라지시며

아!
"이제 그만이구나" 하는 생각 드셨었지요?

오늘이 추석명절 전날 밤입니다.
이 밤 소독약 냄새 나는 쓸쓸한 병실
당신 곁에 있는 이 불효자식은
참으로 야릇한 기분을 느낀답니다.

한 세기를 내려다보며
회한의 세월로 살아오신 당신을
너무도 모르고 지내왔으니
불효 중에 상 불효 놈이지요

거칠고 억센 당신의 갈퀴 같은 손
굳은살 박인 손발이 당신의 것이라고 하기엔
숱한 인고의 세월 속에 감춰 두시기를
아니신 듯, 아니신 듯 살아오신 당신

어리석은 이 불효자식은
당신을 만고에 철인으로 알았었답니다.

내 몸 정도는 아파도
당신 몸 하나쯤 불편하여도
이 몸 무겁고 괴로워도
좀처럼 내색하지 아니 하시더니

이제는 비로소 자식들 앞에
손톱만큼 내보이십니다.
당신의 그 깊은 마음을
어찌 다 헤아릴 수 있을까요?

병상에 누워 계시면서도 당신은
그냥 지나치지 않으십니다.
가쁜 숨 몰아쉬시며
"너도 이제 그만 자그라" 하시며
자나 깨나 못난 자식 걱정이시니
이 불효자식
왈칵, 눈물이
눈물이 앞을 가립니다.

고 독

홀로 있으니
고독한 것이 아니라
고독하기 때문에
홀로 있음이다.

고독!
그것이
이 세상에 존재함이 아니고
내 마음 중에
그놈이 웅크리고 숨어 있음이다.

그러나
때로는
그 놈이
나를 편안하게 한다.
그런 까닭은
고독과 편안함이 형평 하니까.

밤길

어둠은 지쳐
정적 속에
멈춰 섰고

어둠만큼이나
시린 바람
갈 곳을 잃어
안개에 밀려나니

무시로 드나들던 시름
달랠 겨를도 없는데
또 다른 어둠
칠흑 장승 되어
장승 되어 가로막는다.

민이

-나의 막내딸

1

너의 존재에
내가 있음이고
네가 존재하여
나의 미소 지어남이라

민이야!
귀엽고 사랑스런 나의 분신아!
까만 머리카락 날리며
빨강색 목도리 목에 걸치고
인형 같은 손으로 쎄일러문 인형 안고
이 아빠에게 미소를 보내고 있구나

너는 나를 좋아하고
내가 사랑하는 너는
나의 애인이란다.

하늘 아래
지상 위에
있음이라
너와 내가
나의 품에서
너의 심장 뛰는 소리를 들으련다.

2
두 돌 지난 예쁜 나의 딸 민이
눈 속에 넣어도
이는 아프지 않겠다.

따로 있음에
애 태우니
그저 안타까울 따름
너를 보고 싶은 마음
꼭꼭 눌러 재우느라
또 안타까움

너는 용케도 알아보는구나,
헤어짐 손 흔듦
눈앞에 오래 남는다.

티 없이 맑은 미소
초롱초롱한 까만 눈망울
차창에 비치는 모습
머금은 꽃봉오리

쳐다보고
불러보고
가슴에 남겨보지만
미끄러지듯 너의 모습 떠나고
환영만 남는다.

금연
- 나는 이래서 담배를 끊었다

1

뽀뽀 한번 하자

"으-ㅁ 냄새"

무슨 냄새?

"아빠 입에서 담배 냄새"

예쁜 얼굴을 잔뜩 찡그리며

고사리 손으로 부채질

고개를 살래살래 흔들어댈 때

순간 나는 부끄러움에 얼굴이 화끈거린다.

다섯 살 된 어린 나의 딸

아빠를 사정없이 한 대 갈긴다.

어찌 이런 어이없는 일이

늘 깔끔 떨며 깨끗하고

완벽한 척했는데

이게 무슨 황당한 일이

허지만 참으로 진솔한 메시지가 아닌가?

수십 년을 살아오면서

수많은 사람을 대하면서도

한 번도 못 듣던 소리 아니던가?

나에게 입 냄새(담배 냄새)가 난다고
그 누가 말해준 사람이 있었던가?
허나 유일하게 다섯 살 된
내 딸아이였으니
어린아이는 꾸밈과 가식이 없구나
그래 고맙다 딸아,

2
몇몇 사람들에게인가
말해주고 싶었지만
차마 말할 수 없었던
안타까운 경험
말해줄까?
말할까 말까?
양치질 하셨습니까?
입(담배) 냄새가…

아니 그랬다가 상대방이
언짢아하면 어떡하지?
미안해하고 당황해 하면?
말한 나는 뭐가 되지?
에라 모르겠다.
그냥 모르는 척 지나치고 말자.

기도

희망의 빛으로
어둔 세상 밝히고

두려운 세상
무서워하지 않게 하여

혼돈의 세상
질서가 서게 하소서.

번잡한 세상
여유가 넘치게 하여
바른 세상 열리게 하면
살맛나는 세상
그 빛 보게 되리라.

나의 독백

1
꽃이 피니
봄이 오듯
내 마음
고요하니
평온이 찾아오고

나뭇가지가 흔들리니
한잔 술에 취한 듯
바람이,
편안한 바람이 불더라.

2
앙금 같은 매듭
깨부수니
차디찬 아침바다에서
금세 건져 올린
붉은 태양

설레는 처녀가슴
어디에서 술래잡기 하는가
사랑으로,
맛깔 나는 사랑으로!

3

여명의 황금빛 햇살
영겁의 업장을 참회하듯
고요한 지천
향연香煙이 피어나고
아직도 늦지 않았으니
지금부터 시작이라고

이름 설고 물설어도
세월 속 자취와 함께
나그네들 이정표 되어
내일의 희망이 함께 녹아 흐른다.

분주함과 함께
말없이 맥질 당한
그림 같은
나의 침묵이여!
그것은
나의 독백!
차분한
나의 독백이어라!

화합

화합은 포용하고 이해하는 것.
화합은 너그럽게 용서하는 것.
그것은 미워하지 않고 감싸는 것.
그래서 화합은 큰사랑으로 승화시키는 것.

목숨 걸던 투쟁도
해묵어 유령 같은 반목도
넉넉한 마음
넓은 아량
헤아림으로 묶어버리고.

보다 큰일을 위하고
바로 화합을 위하여
바르고 큰길을 택한다면
그것이 진정한 화합.

화합의 장은 아름답습니다.
그 뒷맛은 개운합니다.
그것은 진정한 승리이며
보석보다 더 진귀하고
샛별처럼 빛나는 것입니다

우리는 진정한 화합 앞에
민주와 지성과 진정한 자유를
그리고 성숙된 질서를 느낍니다.

하루 속에 묶이지 말자

해 종일 꼼지락거리며
살아가는 이런 저런 이야기를 만든다.

쏟아지는 찬 달빛 주어 모아보니
어림으로라도
헤아리기 쉽지 않네

수많은 세월동안
잊혀진 듯 감춰진 이야기들!
씨줄 되어
차곡차곡 채워져 간다.

오늘도
군더더기 떨쳐낸 나를 초대
뜨거운 포옹과 입맞춤
진정으로 행복이라는 것을 공부해서
오래도록 간직할 수 있는
지혜와 슬기를 만들어야겠다.
하루 속의 일상은 나의 것이니까.

지루한 일상으로부터 탈출하고
번민으로부터 벗어나면
어제의 잠들어 있는 내면의 나를
오늘은 깨어날 수 있게 하리라.

갈망

그곳에 자리한 줄 알면서도
쉽사리 발걸음 옮기지 못하는 것은
연속되는 습관처럼
잘 익숙 되어 있기 때문이고,

그곳을 지나왔으면서도
자꾸만 확인하고 싶은 것은
셈으로 계산할 수 없는
아쉬움이 남아있기 때문이며,

그곳에 가보았지만
내 마음속에 존재함과 같은 것은
벌써
그곳에 푹 빠져 있기 때문이다.

그곳에서 취해본 감흥
다시금 느껴보고 싶은 것은
그 흥취
어디에서도 찾을 수 없기 때문입니다.

4월 유감

편서풍 따라 날아온 황사를 쓸어내며
흐드러진 화사한 봄꽃들의
크고 작은 미소가
4월 하늘 아래 곳곳에서 방긋방긋
온통 웃음잔치 한마당

우유 빛 탐스런 함박웃음
내 아내의 넉넉한 사랑의 미소,
수줍은 듯 잔잔한 노-란 웃음
늦둥이 막내딸 민이의 어리광 미소,

오-라!
도란도란 속살대는 분홍빛 웃음들
벌 나비들이랑 함께
신나는 봄나들이 축제 중.

티끌 없이 밝은 저 웃음
산소보다도 더 신선한 미소 머금고 있으니
봄을 재촉하지 마시고
4월을 시샘하지 않게 하소서

이 4월은,
실바람 하모니
겨우내 시리던 온몸으로
만인의 이 봄을
잉태의 끈으로 매달아
꼬-옥 붙잡아 두고파합니다.

무위撫慰의 흔적

그토록 저리던 통증으로 몸부림침이
원시적 신화가 되어
이제는 젊음을 부른다.

겨레가 열원하고
조국강산의 통곡이
울분의 포화飽和가 되어
이제는 조용히 침묵을…

가신님들
한 많은 넋
추모하는 마음이
금세今世 무언의 도념禱念 되어
동강난 큰 허리 아파라

이젠 젊은 초병의 가슴에
강철 같은 각오가 있어
내일의 찬란한 역사 앞에
나 지키노라 이 허리를.

- 1975년 11월 국방일보

전우에게

전우여!
우리들의 힘찬 함성이 있는 곳에
조국이 있고
우리들의 불타는 충성과 함께
조국은 우리의 품이 되어
언제나 존재한다오

전우여!
오뉴월의 푸르름과 같이
우리의 젊음을 키워 나갈 때
옹골찬 내일을 잉태하는
꿈이 있다오

전우여!
나의 진주 같은 땀방울은
임들의 거룩한 희망이요
우리들의 힘찬 함성은
미래 조국의
위대한 용틀임이라오.

전우여!
뜨거운 정열과 함께

영글어가는 우리의 알맹이는
인내의 몸부림, 몸부림으로
용태하는 조국을 위하여
변신하고 있다오
쉬지 않고 변신하고 있다오

전우여!
이제 뒤돌아보지 말고
오직 전진, 전진
또 전진이다.
나의 영원한 조국이여! 라고 외치며
오직 충성, 충성
또 충성이다.

전우여!
건강하고
성실하게
그리고 굳세게
오로지 충성, 충성
또 충성이다.

- 1982년 5월 국방일보

평생을 나의 아버지로만 여기던 그를

누군가의 연인으로

누군가의 아들로,

누군가의 친구로,

누군가의 전우로 맞이하게 되었다.

오늘에서야 나의 아버지를 한 인간으로 마주하게 되었다.

아내를 위해 이 책을 바친다고 외치는 이 멋진 남자가

나의 아버지라는 사실이,

또한 이 멋진 남자를 남편으로 삼고 있는 여인이

나의 어머니라는 사실이 감사할 따름입니다.

이 멋진 시집을 세상에 내놓으신 아버지,

이 멋진 고백을 선물로 받으신 어머니,

사랑합니다.

2012. 3. 12. 큰 딸 민정.